빠르게 또는 느리게

국립중앙도서관 출판예정도서목록(CIP)

빠르게 또는 느리게 : 박현태 시집 / 지은이: 박현태. -- 서
울 : 토담미디어, 2018
    p. ;   cm. -- (토담시인선 ; 032)

ISBN 979-11-6249-037-2 03810 : ₩9000

한국 현대시[韓國現代詩]

811.62-KDC6
895.714-DDC23   CIP2018012823

빠르게 또는 느리게

박현태 시집

토담미디어

시인의 말

가벼워지는 즐거움

말 없음이 시다.
줄이고 줄여
말의 가시만 남은 게 시다.

때로
시는 헛소리라는 생각을 하기도 한다.
헛소리는 시비의 대상이 아니다.
단언적인 것에 초월해보는 것
그것에 자유를 느낀다.
몸도 마음도 가벼워짐에
태연해보는 것.
까탈스럽지 않은 즐거움을
시로 누린다.
가벼워짐이 경박하지 않도록 경계한다.

차례

1부

왜가리는 외발로 우아하다

석양 아래
왜가리 한 마리 외발로 서 있다
이 난해한 세상을
한 발로 버틴다는 건 예삿일이 아니다

무슨 생각 저토록 고고한지
긴 모가지 꼿꼿하게 받치고
우아하게 서 있다

저건 결기로 되는 게 아니다
우아가 결기를 만드는 것이다
인간사 그러하듯이.

삼월에

봄이

정수리에 올라 앉아

반짝거리고

겨울 털신이 버거워지는데

발가락 사이로 치미는 체온이

등골을 타고 짱백이까지 올라와서

듬성듬성한 모공의 뿌리에

송글송글 맺히는 체액―,

해묵은 땀내가 모락모락 한다.

손녀의 풍선

낮에 놓아준
손녀의 풍선이
보름달되어
밤에 찾아왔다

달이 창으로 들어와
잠든 손녀의 머리맡에
둥근 풍선으로 떴다

낮에 만난 인연이
친구 찾아 밤중에 왔다.

겨울이야기

밤에 눈이 내렸고
땅의 무게가 늘어난 것 같다
지상은 하얗게 변했으나 사람의 일상은
그대로인 것 같다

하늘이 아니고서야 누가
순백의 세계 만들 수 있으랴

새벽이 깨어나면서
낮은 것들을 높은 곳으로 끌어올리는
도드래의 의지가 역동을 시작하는데
때맞춰, 순식간에 빛나는 햇빛
황금 도색을 시작한다

세상의 표피가
날뛰는 생선 비늘처럼 반짝인다

모가지가 긴 생물들이 숨을 시작하고
빳빳하게 언 것들 다소 눅눅해지면서
새들도 입을 연다

사람들의 하루가 두런두런 시작되는
세상의 아침
맨땅의 겨울이야기 들으며 본다.

봄맞이

산책길에 봄이 따라온다

뼈마디에
연두색이 돈는다

꽃잎 따라 자꾸 열리는 몸
앞서던 몸이 돌아서며 웃는다

여보시게
시절이 좋지 않은가
이해하시게.

아내의 전화번호

당신 전화 몇번이야?
글쎄 몇번이더라
자기 전화번호도 몰라?
그럼 당신은 몇번이야
아 글쎄 그게…

아내와 나는
늙은 삶을 휴가처럼 산다.

아침 먹고 점심 먹고
저녁 먹고
그냥 산나.

아방가르드 해화海畵

바다에 비 온다

저 바다
무슨 잘못을 했는지
시퍼렇게 멍이 들면서 맞는다

구멍마다 일어나는
파도의 경련들

인고를 견디는 마디만큼
퍼붓는 빗물의 질량만큼
넓어지고 높아지는 바다

마크퀸의 그림 한쪽이
수평선의 품격을 세우고 있다.

겨울 한가운데 살다

삶에도 계절이 있다면
지금의 나는 겨울에 살고
오늘은 춥고 아프고 외롭다
마음은 옷 벗은 숲같고
몸은 눈 맞은 산처럼 허옇다
새는 둥지에 들었고
꽃은 뿌리에 숨었다

겨울은 간혹
봄 여름 가을에 없었던 눈도 오시고
목도리처럼 따뜻한 고독도 챙기고
빨강 털모자와 벙어리장갑도 끼고
하얗게 추억여행도 한다

삶이 겨울 한가운데 있다면
봄이 온다는 꿈도 꾸면서
꿈꾸는 삶은 겨울이 따뜻하다.

환절기

가을이네

바람 든 잎들이 색을 쏟다

울긋불긋 초풍기절
몸 비틀어 환장한다

일상의 붕대를 풀고
새로운 세상에 눈을 뜬다

시간은
소화되지 않고 배설된다.

마지막 잎새

간밤 바람에

가을이

갈 길을 잃고

단풍잎에 매달려

새처럼 할딱인다

마지막 남은 숨을

가쁘게 몰아서

질락

말락 한다.

홀연하기

봄 복국 먹으러 부산 간다
첫물 미나리 파릇파릇 귀때기 띄운
까치복 맑은탕 먹으러 영주동 간다

지중해를 밟고 온
바닷바람이
선착장 굵은 밧줄에 코를 부비는 이른 새벽

까만 밤기차 안에 선잠 혼자 내버려두고
목줄기 칼칼한 복국 먹으러 간다

서울부터 따라붙던 매운 먼지 낙동강에 내렸고
그러거나 말거나
봄맞이 해장하러 홀연히 간다.

새는 잠들지 못하고

새가
한밤에
찻물처럼 운다

쪼르르 쪼르르

잠든 밤
까만 숲에서
까만 새가
실낱같이 운다

자거라
오늘 울음은 오늘 다 울고
내일 울음은 내일 울게 하거라.

물로 물을 씻으며

깨끗한 물로 더러운 물을 씻는다
더러운 물이 깨끗한 물에 섞이면서
두 물이
한 몸으로 같아진다
물의 본디가 그러하거늘
두 물이 함께 깨끗함으로 돌아가려 한다
우리가 물을 물이라 불러 그러하거늘
물의 천성은 마다하지 않는다
내가 아닌 너에 수용되어
오염이 오염 스스로에 순응케 한다
더운 것엔 더워지고 찬 것엔 차가워지고
깊으면 채우고 차면 넘치며 미추도 구분치 않고
호불호 차별도 없이 오면 안기고 떠나면 놓아준다
우리가 물을 물로써 사랑함이 그러하거늘
피 묻은 손이던 땀 묻은 손이던
분별하거나 따로 하지 않는다
우리가 사람으로서 물에 얻은 생명이 그러하거늘

삶이 저지르는 악행과 해악, 생의 죄업을

언제 한번 탓 한적 있더냐

세상의 풍진, 섭리의 분탕질을 질책한 적 있더냐

물이 물로써 스스로 자정치 않은 물 있더냐

한 방울의 물이던 한 가람의 물이던

물은 물로써 물이기를 다한다

사람은 사람으로 썻는다.

거울의 과거

거울 속의 나는
어제와 오늘이 다르다
거울은 그대로인데
거울 속의 나는
어제의 내가 아니다
거울은 왜
과거를 기억하지 못할까
그것은 거울 탓이 아니다
그렇다고 내 탓도 아니다
세월 탓이다
세월은 언제라도 그냥 가지 않는다
거울 속의 왼쪽은 나의 오른쪽이다
과거란 그런 것이다.

무위도식

오늘 내가 한 일은 부엌일이 전부다
내가 끓여 내가 마신 커피 한 잔뿐이다
밥값이란
내 아닌 남을 위한 일이라고 했는데
일을 하고 싶어도 일이 없고
해 놓은 일도, 해야 할 일도 없고
한 일마다 내 맘 채우기였고, 이제사
밥값을 하고 싶다
책 한 쪽 읽고, 시 한 줄 쓴 것도 일이라 해준다면
나는 오늘 무위도식 아니다.

봄날의 한때

봄이 왔다

사람들은 섬진강 하구 하동땅으로 꽃놀이 간다

아침 안개는 봇짐만 내려놓고 햇살 곁을 떠났고

강둑에 만개한 벚꽃들이

홍안의 뽈테기를 빛내는 해군병사들처럼

차렷 자세로 서 있다

흐를듯 말듯 한 강물 속엔

새파란 하늘이 온몸을 담군 채

반듯하게 누워 일광욕 중이고

북새통이 이끄는 대로 상춘객 속에서

누가 내 등짝을 탁 친다

'야, 이 머스마야!'

간뎅이가 툭, 놀라 휘둥그레 돌아본다

'니, 누고?'

'이 문뎅아, 내 화자다!'

립스틱 짙게 바른 초등 동기생 가시나가

참꽃처럼 웃으며 끌어안고 부빈다

오메 좋은 거~

우리는 늙은 몸을 붙들어 잡고 언덕 위 식당에서

재첩국 동동주 콧물 눈물 흘리며 먹는다

60년 뒷켠에서 돌아온

늙은 소년이 소녀와 마주앉아 웃는다

유수 같은 세월, 봄날의 한때—.

겨울을 배웅하며

겨울이 세상 밖으로 나가려 합니다

떠날 채비를 하느라
돌 틈에 끼인 잔설도 후벼내고
장미울타리에 새치도 뽑습니다

봄이 당도하기 전에 봇짐을 챙기느라
쪽문이 덜컹덜컹 합니다
얼음알이 소복한 도시의 뒷길과
동네 공원의 산책길을 쓸어내더니
오후 들어
동면 깬 새들을 시켜
노란 봄볕을 쪼아 먹게 합니다

보따리가 가볍습니다
입춘이 오기 전 떠나려나 봅니다

잘 가시라

잡은 손목에 따뜻한 온기가 돕니다.

밥

밥 먹고 싶다.

아침 먹었고 점심밥 먹었고 아직은 저녁이 이른데 밥이 먹고 싶다 고프지도 않은 배 속에서 밥을 기다리는 소리가 꼬르륵 한다 그리 엄살을 떤다고 쉬이 밥 줄 생각이 없는데 입맛을 다신다 이상한 건 밥을 먹기 위해서 배가 고픈지 배가 고파서 밥을 먹는지를 늘 분별치 못한다 내 생애 먹은 밥 다 합치면 몇 그릇이나 될까 집채만 할까 산만 할까 밥만 먹고 산 인생 밥맛이다 배고픈 밥은 눈에 날아다니고 배부른 밥은 찬밥 신세다 세상살이 정 나누기에 밥만 한 게 없고 눈물겨운 고마움 밥만 한 게 있으랴 넌 언제 나에게 밥 한번 먹자 했던 적 있느냐

인생만사 밥만 한 게 또 있더냐!

허물없이

노을이 지는데
꽃들은 꽃밭에 그대로 있고

종일토록 빨아 모은 단꿀을 물고
나비 한 마리 집에 간다

하루의 흔적을 지우며
옆으로 기우는 날개

마침내 조금은 가벼워지며
봄을 지고 간다

세상 가운데를 지나
세상 바깥으로 간다.

긴 밤의 여백

찻물을 올려놓고
언제쯤 끓나 하고 기다린다

마음의 빈자리에
차향이 마주 앉는다

할일 없는 낮밤이라서
노곤도 체면을 하는지
풀잎처럼 가볍다

자정이 지나가는 찻잔에
아른아른
흡습지에 젖는 향수―.

달빛 쓸기

싸리비를 든 노승이
절 마당을 쓸고 있다

초봄 달빛이
몽당한 빗자루 끝에 묻어
탁탁
팝콘처럼 터진다

산이
간지러운 몸을
두어번 뒤척인다.

마음의 빈터

살만해서 고향에 갔는데

그날

아무도 없는 날

코스모스가 흐드러지게 피었다

가을 해가 설핏해지는데

길도 없고 집도 헐리고

혼자 남은 빈터에

꽃들만 한창으로 피었다

그렇게 쓸쓸할 즈음

교미 중이던 여치 한 쌍이 폴짝 뛰어

소매 끝을 잡는다

그래 반갑다

탕자로 돌아온

내 유년의 빈터

향수의 쭉정이들

말갛게 쓰러진다.

돌

돌

돌만큼 쉬운 이름 있을까

언제 불러도 정겹게 달려오는 이름 있을까

그때의 산촌에는

순돌이 차돌이 깐돌이 갑돌이가

풀처첨 흙처럼 밥처럼 살았고

그들 이름은 누가 불러도 돌처럼 쉬웠다

쉽게 친하게 늘 곁에 있었던 돌

돌들 다 어디로 갔을까

너도 돌들처럼 발에 밟히고 팔매질도 당하고

그리 살았던 때 있었나

입에 씹히는 돌부터 석탑의 정수리까지

또는 겨울엔 한데서 얼고

여름엔 개천까지 떠밀려가서

보답 없이 불편 없이 살아본 날 있었나

변하지 않는 우리 말

돌.

세상 바깥에

세상의 바깥에

숲이 되지 못 한 나무처럼
고독한 혼자가 있다

바다 속 외딴 섬
깊은 산 맑은 샘
들판 끝 작은 뫼
혼자라서 외로운 고독이 있다

그런 그들 곁에서
친구 없이 늙어가는 사람이
있다.

독백

못난 이
지랄 같은 이

키가 좀 작다 뿐이지
코가 좀 낮다 뿐이지
눈물이 좀 많다 뿐이지
그래도 그렇지

볼떼기가 시퍼렇게 얼어붙는 혹한에
매몰찬 북서풍처럼 냉랭하게 가더니
잘 사는지 몰라

청춘에 걷어차인 첫사랑
여태도 나는 비실비실하는데—.

봄맞이

봄이
무슨 짓을 했는지
겨울 땅에 묻어둔 조선무우 몸통에
바람이 들었다
대가리마다 노란 순들이 기어 나와
곱슬거리고 있다
지상에는 기척도 없는데
땅 속 것들이 먼저
동면을 깨고 일어서자
새들이
겨우내 잘 자란 깃을 흔들며
떠날 채비를 한다

봄이 오시면
지상은 따뜻해서 좋고
하늘이 알몸을 보여줘서 즐겁다.

부답을 묻는다

자연에 때를 묻혀 예술이라 하고
인생에 묻은 때를 인격이라 한다
세수를 하고
씻기 전 얼굴과 씻은 후 얼굴을 비교한다
다른가 같은가
본디에 더 가까운 나의 진짜는 누구인가
머리칼을 자르고 코털을 뽑고 선크림을 바르며
포장공사를 할 때마다
가짜와 진짜에 대하여 물어보고 의심한다
몸을 다듬는 마음
마음을 길들이는 몸
본능과 이성, 술수와 지혜
모호의 선은 어디인가.

꿈의 간이역

기다린다

오지 않을 것을

기다려도 소용없을 것을 기다린다

혹시나가 있기 때문이다

인생의 희망 같은 거

우연의 행운 같은 거

기다림은 꿈의 간이역이다.

원형의 꿈

보름달
달빛이 허공에 걸린다
허공이 공 같다
둥글고 둥근 것은 구른다

둥글지 않은 게 있더냐
구르는 것에 쉼이 있더냐
쉬지 않는 것이
꿈꾸지 않는 게 있더냐

우주 알이 그럴 것이다.

나는 달리고 싶다

내 언제
저들처럼 달려보았는가

대지의 등뼈처럼 곧은 철길을
야수 같이 달리는 밤차

시퍼렇게 언 하늘 한가운데
전투기 편대 기러기떼

초록 벨벳 깔린 초원 위를
바람처럼 모두어 뛰는 백마

면사포 같은 비행운 토해내며
신혼여행 떠나는 보스포르행 비행기

나도
저들처럼 달리도 싶다.

불꽃놀이

창공이
터지면서
꽃으로 핀다

찰나,
섬광이 핀다

지상의 꿈이
우주에 핀다

영원이
점멸을 누린다.

세상의 하루

밤새 숨 가쁘게 달려온 지구가
헐레벌떡 몸 풀어 만나는 새벽
범벅의 땀에서 피어나는 안개가
부스스한 강과 산을 쓰다듬는데
수평선에 내미는 태양의 얼굴이
활짝 피는 장미꽃 미소를 뿌리며
세상의 하루가 환하게 열린다.

비 내리는 동안에

우산 쓰고 젖는다

비가 비만이 아닐 때

문득, 어느 아름다움에 당도해
쩔은 감정을 꺼내 놓고

길 위에 서서
생각의 바깥에 내리는 비를 맞는다
몸 바깥의 비가 몸 안으로 젖는다

돌아갈 수 없는 것들에 대한 향수
비애와 밀담을 나누는 슬픈 유머
비 오고 비에 젖는다.

봄소식

봄 오신다는 소식이
파다하다

한파에 구겨진 유리창을 닦아두고
초록색 햇살 곁에 앉아
녹차를 끓인다

듬성듬성 삐죽이는 겨울 새치 사이로
새싹 돋는지
실밥 터진 겨드랑이에
베르나르의 크로커스 귀때기가
나풀나풀 한다.

나무들 붉은 색 입다

산이 가을 따라 간다

자연의 일상이 허물 벗듯
숲이 진다

생각에 붉은 날개가 달린다

왜! 허접한 관념에게 매몰차지 못할까
가능과 불능을
마음과 마음 아니게 할 수 없을까

붉은 바람이 뱀의 혓바닥처럼
숲을 날름거린다

온 산 가을 물든다.

가을에 띄우는 편지

가을이 빠르게 깊어지고 있습니다
무서리 내린 산마루가 뻘겋습니다
숲속의 호수가 얼룩덜룩합니다
어젯밤 도시의 기온은 어떠했는지요
시월의 끝자락이니 난방을 틀었겠지요
이곳 산방엔 밤 내내 귀뚜라미 울었고
추녀 끝 목어 두 마리가 언 몸을 떨더이다
산 것들 다 웅크려 잠든 산중이라
첩첩한 골짜기에 적막만 꽉 찼습니다
어쩌다 회오리가 휙 하고 지나는 마당에
누런 달빛이 후드득 쓸리고 있습니다
감당 못 할 외로움이 오른팔을 베고 누워
뒤척일 때마다 왼쪽 가슴을 토닥입니다
세월이 빠른 것이 아니라
고적한 하룻밤 보내기가 이리 더딜 줄
깊이 깨닫습니다
총총 문안합니다.

하늘꽃 피는 날

눈 온다

하얗게

숲이 주저앉으며
섬이 된다

세상의 몸이
토끼털처럼 부드러워지는데

검정 구두를 신은 철새 한 떼가
하나 둘 셋
구보하는 하늘 속

폴락폴락 이팝꽃 핀다.

해 지는 동천冬天

한 무리 새떼가
어두워지는 동천에
외줄기 길을 낸다

빛이 너울처럼 하늘을 가르며
덤벙덤벙 간다

길은
가면서 얼어붙고
새들의 날개가 까맣게 사라지자
반짝반짝 별들이
알몸으로 나타난다

철새도 세월도 길도 별도
품안에 거두어
새파랗게 어는 동천―.

눈 내리는 밤

눈이 내립니다

밤이 자정을 건너고 있습니다

도시는 불을 켜둔 채 잠들었고

가로등 전구에 다가서는 눈이

살구꽃처럼 휘날립니다

누구네 야식인지

오토바이 배달통이 덜컹덜컹 달립니다

골목은 잠들고

전봇대와 가로수 사이를 붙들고 있는 현수막이

붉은 글자 흔들며 구호를 외칩니다

'사람을 자연처럼 살게 하라'

눈은 쌓이고

지상의 겨울이

허물처럼 굴러가고 있습니다.

고요를 깨우는 밤비 소리

톡

하고

빗방울 떨어진다

!

!!

고요가 잠을 깬다

톡

톡톡

거기 누구요―.

단풍 들다

새파란 이파리가
바람 들어
색을 쓴다

참
얄궂다

속살 드러나는 줄 모르고
한 잎 두 잎 황색 옷 벗는다

가을이 실눈을 뜨고
언뜻 훔쳐보고 있다.

곶감

박하분 하얗게 바르고

쪼글쪼글

주름살 키워가는

자색 얼굴에

가을 햇살이 달라붙어

꼬들꼬들

진물이 마르도록 빨고 있다

호랑이가 살지 않는 산동네

곶감 혼자서

지천으로 목줄에 달려 있다.

순백의 시

오늘은 바람이 불지 않네요
백야의 설원에
알몸의 자작나무들이 고드름처럼
하늘로 자라고 있네요
보름달이 노른자처럼 떠서
이보다 더 하얀 숲
이보다 더 하얀 지상
다시없을 것 같네요
순백의 시 한 편 보네요.

2부

그림자놀이

어릴 때 일일 테지만

호롱불 켜놓고 그림자놀이 해보셨나요

꿈에 '쉬~'를 해보셨나요

초승달이 가락지처럼 걸린 겨울산 아래

코딱지만 한 초당에서 동몽선습 읽느라

하얀 밤을 새워보셨나요

미동도 않는 고요를 뚫고

아주 멀리서 개 짖는 소리

그리하여 횃대를 치며 장닭이 울고

도포 입은 새벽이

냇물을 건너 동구를 들어서는

이제야 겨우

솜이불을 펴 곁을 내주시는 할배가 있었나요

세월이 많이 갔지요

꿈을 깨보니 삶이 그림자놀이 같네요.

세월이 멀리서 쳐다보네

너는 아직 아니야

세월이 말합니다

너는 아직 철이 들지 않아서

단꿈도 꾸고 희망을 품잖아

여태껏 함께 산 세월이 모를 리 없겠지요

원망치 않습니다 이제 따로 살아 볼 생각입니다

무슨 생각을 하는지 어디 갔다 왔는지

누구와 무슨 말을 했는지

소화불량과 허리 통증은 차도가 있는지

어떤 희망을 갖고 무슨 꿈을 꾸는지

도통 모르게 속여 보려 합니다

따돌림을 당한 세월이 멀리서 쳐다봅니다

서운한가 봅니다

너도 참 많이 늙었구나

부끄러워하지 마 그냥 늙은 게 아니잖아

그동안 열심히 살아왔잖아

그래 우리 함께 오면서
날 가장 열심히 도와준 게 세월 너지
우리 둘
헤어지는 날이 삶의 끝이야

멀리서 쳐다보며 빙그레 웃는다.

12월에 내리는 비

겨울비 내린다

사람의 도시 늦은 저녁에
세상의 털끝이 고개를 숙이며
비릿하게 젖는다
후두둑 후두둑
누구의 혼이 먼 길 떠나는지
은잔에 초혼의 술을 부시듯
맑게 운다

전어 굽는 추억의 냄새가 뒤채이며
손발이 오그라든다
이 달이 가면 새해가 오고
겨울이 가고 봄이 올 텐데
언 비가 추적추적
겨울 알몸에 청승맞게 내린다.

사람의 어머니

어머니는 대지大地셨다
물도 품어 안고
산도 업어 키운 땅이셨다
낮과 밤을 거부하지 않고
비바람을 두려워하지 않고
순응하셨다
흙처럼 사시다가 흙으로 돌아가실 때
사람이 되고 싶다 하셨다

내가 사람이 되어야
어머니도 비로소
사람의 어머니가 뇌시리리

나는 그게 그토록 어렵다.

지상은 다르거나 같거나

온종일 달려 온 해님이

서산마루에 앉아 잠시 쉰다

오늘 하루의 여정은 어떠하셨나요

어제와 같았나요 달랐나요

인간의 세상이 좀 나아지고 있나요

꽃은 얼마나 피었고 북극의 백곰은

동면에서 깨어났는지요 사하라사막을

몇 마리의 낙타가 지나갔나요

내가 살던 고향은 살구꽃이 흐드러지게 피었고

아이 엄마 허리 통증은 좀 나아졌다 하던가요

노동의 진화에 대하여 K대학 K 교수가 주장하는

육체노동 → 정신노동 → 감정노동 →

상상노동 → 꿈의 노동

이에 대해 언제 판결하나요

궁둥이에 묻은 먼지를 털고

서산을 뉘엿이 넘는

해님, 참 곱네요.

봄이 간다

꽃인 듯 미소인 듯
봄인 듯 여름인 듯
그런 것도 아니게
장미의 채색도 라일락의 향기도
저무는 오월 따라
세상 무슨 짓을 하던지
당신은 따뜻해서 좋고
봄날은 간다.

아무튼 그러리

꽃이 핀다

꽃이 진다

꽃같이 곱던 꽃이 폐지처럼 진다

헤어지는 사랑처럼 원망으로 진다

꽃과 사랑만 그러하랴

사랑이란 사랑하고픈 것만 사랑하는 것이고

꽃이란 피어 있을 때만 꽃이다

그렇다

지지고 볶고 아웅다웅 살 때가 인생이지

놓아버리면 인생이 아니다.

가을 환절기에

바람이 낙엽을 데불고 가려는데
밤에 내린 빗물이 발목을 붙들고 있다
뱃가죽은 땅에, 등가죽은 하늘에 붙었다
가을이 좀 더 모질어지는데
잎은 떨어지지 못한다
산은 산대로 앓고 나무는 나무대로 떨고 있다
저들도 사람의 삶처럼 지난하다
봄부터 여름까지 꿔온 꿈들이 입을 다문 채
허공에 펄럭이면서
빼앗기는 것과 잃어버리는 것은
다르다는 걸 깨닫는다

노란 분노가 산 전체를 휘감는다
바람이 휙, 싸리비처럼
등을 쓸고 간다.

다시, 무제

한 가닥 빛살이 놀란 시선으로
누드화 사타구니에 붙여진
'사랑의 문'이라는 이름표를 훔쳐본다

시의 아뜨리에
시인에게 이력서가 필요한가?
디지털 인생에 족보가 필요한가?

2018년 설치미술 비엔날레
해설사의 설명이 쉬는 순간
발광들이 지랄을 한다

과거를 살 수 없는 게 인생이고
잃어버린 시간
묻지도 말고 되돌아보지도 않는 게
아방가르드다.

겨울 한라산

눈 쌓인 한라산
동면에 든 백곰처럼
시퍼런 바다 가운데
허옇게 웅크리고 앉아 있다

착륙하기 직전의 비행기가
숨을 고르며 날개를 접다가
한 차례 기우뚱한다
바람을 타는 소리에 실눈 뜨고
허연 눈썹을 부르르 떨다가
다시 잠드는 산

바다와 숲
동면하는 백곰 같다.

겨울을 담고 있는 산

나무들은 유리가시가 되었고
흙이 붙들고 있는 낙엽은
썩지 못하고 있다
변비 앓는 하늘이 잿빛 얼굴을 하자
눈이 쏟아질 듯하다
밤이 오기 전에 먼저 어두워지는 하늘
산 아래 도시에 붉은 등들이 켜진다
가끔, 또는 이따금
헛기침 큰소리쳐서 정적을 깨울 때
기진되어가는 몸을 추슬러
개울 곁을 내려온다
실 줄기 같은 물이 얼지 않으려고
수도꼭지처럼 똑똑 소리로 떨어진다
한 닢씩 눈이 내리고
산이 흡습지처럼 젖으며 주저앉는다.

가지 않는 길

곧은 길 하나가 가고 있다

빈 길에
길 혼자 가고 있다

뙤약볕에 말라붙은
고장 난 현악기 줄처럼
고요하게
이쪽에서 저쪽으로

혼자서 가고 있다.

입동 전에 해야 할 세 가지 숙제

낡은 푸대 어깨에 메고 제주에 가서
밤 새워 철썩이며 앓는
한라산 가을을 한 섬 가득
해맑게 담아 소스라쳐 오겠네

싯누렇게 녹이 든 조선낫 챙겨 들고
탱탱하게 익은 철원평야 쌀알들을
왼종일 거둬 담아 낟가리 쌓겠네
촛불 거둔 광화문 휑한 광장 복판
땀 배인 고함 마다 한 푸대씩 주겠네

철 지난 여름과 철든 가을 어귀
똥개들 컹컹이는 고향마을 공동마당에
허연 달빛 쓸어 눈부시게 놓아두겠네

읍내 헌책방 세로로 조판된 문고 몇 권
옆집 문방구 미농지로 싸겠네

서재 바닥에 전기요 깔고 엎뎌 뒹굴뒹굴

서너 달 겨울공화국 씨름하며 보내겠네─.

그런 것일까

나는 지금

우동 한 그릇 앞에 두고

젓가락으로 한 가닥씩 걷어 올려

호로록 먹을 것인가

양손으로 받쳐 들고 후루룩 먹을 것인가를

생각한다 삶이란

선택해야 하는 순간의 연결이다

선과 위선 행과 불행

고민한다고 더 나은 방법은 없다

선택은 순간이고

그것이 운명이란 것이다

인생이란 그런 것이다.

우울한 계절

유리가시들 듬성듬성한 숲길

겨울 저녁이 어두워지면서 오고 있다

그리하여 쓸쓸해지는 사람의 저녁

누군가는 야근에 문을 나서고

나는 아직 집에 가지 못하고 눈을 기다린다

잠시

낮과 밤이 함께하는 작은 도시에

함박눈 대신 진눈깨비가 내린다

이럴 때 외로움은 병보다 더 아프다

모든 건 젖고

아무데서나 생선비린내가 달려든다

비위가 상하는 삶

늙어가는 계절의 우울을 앓는다.

무제

꽃 참 곱다

내 무슨 수로 저 꽃의 고움을

시로 쓸 수 있을까

어떤 비책으로 무슨 교언영색으로

저 꽃을 너에게 보낼 수 있을까

내가 보고 네가 느끼게 되는 건

수사修辭에 있는 게 아니라

자극에 닿는 것

한 송이 꽃인들

한 줄의 시로 어이하랴

시는 쓰지 않는 게 좋다

쓰지 않는 시가 시다.

추억같은 날

지난겨울은 따뜻했다

집에만 있었다

빨간 털실 모자를 쓰고 자주색 목도리를 두르고

검정색 캐시미어 코트를 입고

두툼한 벙어리 장갑을 끼고

함박눈을 맞으며 하얀 숲길을 걷고 싶었다

끝내 눈은 오지 않았고

유년의 추억을 빨래처럼 개켜

서랍 속에 넣었다

기다려도 오지 않는 눈과

춥지 않은 겨울을 보내며

사랑과 희망과 꿈꾸는 것들은 아픈 것

작은 행복도 결코 쉽지 않음을

깨닫게 해준 올해의 겨울─.

봄날에

민들레 홀씨
노랑 햇살을 양산처럼 받들고
봄나들이한다

다섯 손가락 활짝 열고
반갑게 흔들면서 지나간다
애기똥풀에 묻어 있던
추억들이 일어서서
입 가리고 웃는다

안녕하세요? 안녕하세요!
봄날이 간다.

바다와의 밀애

동이 트기에

바다 곁에 앉았더니

잠깬 파도가 새파란 손을 내민다

손목까지 담그면

태양의 심장 소리

쿵쾅쿵쾅 내 속으로 뛰어든다

이윽고 떠오른 햇살

투명한 속을 보이는 해저공원

울긋불긋 산호꽃 피었다

화아 곱다 나도 바다가 된다.

강물 곁에서

강의 처음은 어디일까
낱알의 씨앗처럼
탄생의 첫 방울이 강물의 태초였을까
그리하여 강의 시작은 어디고
무슨 물이 강이 됐을까

비가 온다
비는 물의 씨앗이고
씨앗은 산에 들에 도시에도 뿌려지지만
비가 다 강이 되지는 않는다
물이 강이 되기에는
그만큼의 길이와 넓이와 깊이가 있어야 한다
흐름을 멈춘 강은 강이 아니다

낱알이 그러하듯
저리 시퍼런 대하大河로 굽이칠 수 있도록
물은 물로서 강이 되도록 흘러흘러 드디어

그런 흐름이 상선약수일 것이다

물이 바다로 가기 위해서 강이 되어야 하고

강의 숙명은 반드시 바다로 가야 함이다.

가을이 저물 무렵

가을이 능선을 따라 산을 내려가는데
더욱 맑아진 계곡물 서둘러 따라가고
대웅전 목탁소리 탁탁탁 절 마당을 나선다
저들 저리 바빠 어딜 가려는지
속세에 지은 죄가 전혀 없는지
바람 끝에 채이는 발길이 가볍고 날래다

산 너머 산에서 어렴풋이
햇밤 떨어지는 소리 짐작으로 들리고
누르스름하게 드러나는 등성이 타고
깊어가는 가을
석양을 등에 지고 하산하고 있다.

글쎄

어두워지는 풍광을 보며
내일의 날씨를 점쳐본다

저무는 세상을 짐작하여
내일의 세태를 어림해본다

사람살이
저들과 다르지 않음을
경험으로 안다.

저물며 내리는 비

겨울비 오네

사람이 젖네

땅거미 지는 빗방울이

울음 없는 눈물처럼 떨어지네

몸보다 먼저 가는 발길 앞에

방울방울 구르네

추워지면서 물들이 어네

어둠이 미끄러지네

길은 좀 더 멀어지고

우산을 받친 사람이 붙어오면서

낙수가 뚝뚝 어깨에 떨어지네

살아온 날들의 그런 일들이

흡습지처럼 젖는 추억을 만나네

삶이 다 그런 것 같지만

사람마다 다르게 젖네

건널목을 건너려는데 빨강등이 켜지고

기다리는 앞뒤 사람들 모두 새파래지네

길이 열리고

구부정한 늙은 삶이 무거워지며

신발 바닥에 바싹바싹 얼음 알이 밟히며

겨울비 오네

이 비 맞지 않는 이는 겨울비의 비애를

알 리 없네.

빠르게 또는 느리게

아침이

바다를 건너

울타리를 넘어

거실까지 오는데

얼마 걸리지 않았다

창을 열고

파도소리가

심장을 두드리는데는

좀 더 걸렸다

수평선이 눈에 닿는데는 한참 걸렸다.

가을이 쓰는 시

한 닢
또, 한 닢

한 알
또, 한 알

한 쪽
또, 한 쪽

낙엽 지고/열매 익고/책장 넘기며

가을이 쓰는 시.

시래기를 주제로 한 시조 3수

새파란 무청을 빨랫줄에 걸어둔다
밤낮 없는 설한풍에 꼬들꼬들 시들며
먹은 물 다 돌려놓고 바싹 말라간다

대가리 꼬리까지 빳빳이 마른 놈을
서 말치 무쇠 솥에 펄펄 끓게 삶아내어
겨울밤 꽁꽁 얼도록 수십 시간 담가둔다

판때기 도마 위에 길쭉이 눕혀놓고
더는 칼 모로 세워 사정없이 썰어서
시커먼 뚝배기 솥에 부글부글 끓여낸다.

인공에 대하여

자연이란 사람의 일이 아닌 것이고
예술이란 자연의 일이 아닌 것이다

참
아름다움은
인간의 일이 아닌 것에 있고
진실을 조작하려는 의도가 진리다

마침내
인간에게 기회가 주어진다면
자연으로 돌아가는 것이다
인공ㅅㅗ은 어둠을 가두는 새장이다
일찍이 루소가 그렇게 말했다.

시로 쓸 수 없는 것

바다를 보고
바다

그 다음의 말은 모두 사족이다

시와 시들이 다 말해도
더는 바다를 보여줄 수 없다.

세상의 봄

염소 똥 같은

작은 산에

꽃꽂이를 했다

초록 분재에

분홍 진달래 흐드러지게 폈다

봄은 나른한 들판에 졸고

꽃은 실바람 끌어안고

자지러지게 흔들고 있다

아름다운 세상의 봄

건너 저쪽에ㅡ.

쉽게 쓰는 시

화장실에 앉아
시 한 줄 쓴다

도마질을 하다가
숲을 걷다가
차를 마시다 시를 쓴다

불현 듯 꼿꼿한
잡초 속 들꽃 같은
시를 쓴다.

입추에

나무들은 벗는다
사람들은 입는다

아!
가을이구나

하늘이 빛난다

죽었던
바람이 살아난다.

탁족濯足

산이
다리를 주욱 뻗어
바다에 발 담구고 있다

촐랑촐랑
파도가 달려와서
골 깊은 발가락 사이
씻어내고 있다

지나가던 구름이
빙그레 웃는다.

도시의 갈대들

가을이 왔다고 갈대들 운다

자꾸 울어도
도시는 듣지 않는다

봄, 여름, 가을, 겨울, 이슬, 비, 서리
눈이 올 텐데
어떻게 겨울 나려나

애초에
삶의 터전을 이곳에 잡는 게 아니다

강이 저물고
가을이 사라진다 해도

우리들의 도시는
너를 듣지 않을 것인데.

그 집 앞에서

그 집에 갔더니
너는 여태도
바다가 보이는 쪽문에 서 있네

하얀 잇빨 까만 동공
국수집 막내딸
말숙이

30년 40년 50년
세월 틈으로
빼꼼하게 서 있네.

시 쓰기

띄어쓰기를 하는 게
시다

마음과 한판 하려고
시를 쓴다

쓰는 시가
읽는 시보다 낫다

갇혀 있던 잡념이
멀리 떠나고 싶을 때
시를 쓴다.

고추밭을 지키며

고추야 크거라
새파란 것들아
새빨갛게 익어라
건들건들 가을바람 불거든
탱탱하게 약발 받아 빳빳하거라
절정의 매운맛 팽팽하게 담아서
시커멓게 움푹한 밭고랑을 겨눠
쏴아쏴아 기운차게 쏴라 쏴—.

와불瓦佛

불현듯
일어나세요

천년의 잡념
털어내세요

속세의 혼몽
푸드득 깨어나서

살아 있는
새가 되세요.

구름도 쉬는구나

큰 산 허리를 지나가던 구름이
다리를 꼬고 앉아 잠시 쉬는데
헬리콥터가 머리위로 지나가자
하얀 손을 흔들어 보내준다
구름은 다시
엉덩이를 툭툭 털고
가던 길을 가려고 일어선다

아날로그와 디지털의 양날이
마요르카의 석양처럼 빛난다.

꽃물들이기

봉숭아 꽃물이 꽃잎에 앉아
찰랑찰랑 한다
얇은 바람에도 가누지 못하고
꽃물이 넘칠까
꽃대가 꽃잎을 따라다니며
요리조리 받친다
혹여
떨어지는 꽃잎 하나
손바닥에 받았더니
분홍 꽃물이
손금 가득 고인다.

바닷가 몽돌

파도가 씻고

또 씻고

또 또 씻고

하루 종일 삼백육십오일

수만 년

반질반질 맨살이 드러나도록

돌돌돌 한다.

겨울바람이

눈도 그치고
바람이 불면서 언다
불 꺼진 아파트 정문을
하얀 달빛이 지키고 있다

외출이 금지된
계엄하의 도시처럼
숨죽인 바람이
살금살금
뒷길로 빠진다.

농부의 가을

늙은 농부가
툭툭
볏짚을 밟으며
들길을 가고 있다
추수를 끝낸
잠시의 일손이
오늘은 들녘이 아닌
하늘 끝 누런 가을 산을
힘껏 들어올린다
참 가볍다.

자작나무는 흔들리며 큰다

사람도 그렇다

아프면서 크고 흔들리며 자란다

산다는 것과

살아가는 것은 다르다

사월의 봄에

연초록 움트는 자작나무 가지에

심술부리는 황사비 내린다

바람도 분다

살아내야 한다면 흔들려야 한다

가지 혼자 두면 부러진다

나무도 숲도 함께 흔들려주어야 한다

무리지어 나는 새들

새들의 비거리는 날개의 크기가 아니라

무리의 역동에 비례한다

흔들리지 못한 날은 낭비다

인간사 그렇다.

3부

빗방울에 대한 운문적 고찰

빗물이

땅에 닿지 못하고 가지에 걸려

대롱대롱한다

힘에 겨워 놀란 눈을 동그랗게 뜨고

아찔아찔한다

햇살을 등에 업고 달려온 샛바람에

간들간들한다

저들도 사람 사는 세상이 두려운지

움찔움찔한다

매달려 있는 것들 모두

위태위태하다.

테라스에서 마시는 모닝커피

아침 해가
톡
달걀 노른자이듯
연한 아메리카노 열탕에
둥근 몸을 담구고
헤벌쭉 웃는다
감칠맛이 혀끝에 닿으려고
찰랑거린다
스푼에 올라앉은 햇살이
반짝거린다
좋은 여행하세요.

가을앓이

나무들 옷 벗는 소리

그리움의 촉수들이 수포처럼 돋는다

내 인생의 정원에

무슨 꿈을 심어 어떻게 가꾸며 살았나

과거의 날들이 긴 내장을 꺼내놓고

마른 침을 삼킨다

추억 속 맛난 살점들을 헤집어

흥분한 감정들을 골라낸다

그때 무엇이 그리 했는지

삶에 대한 물음과 답을 하염없이 비껴가고

창밖에 바람 분다

은행나무기 흔들리고 익은 알들이 떨어지며

쾅쾅 지축을 울린다

생각은 들어올 때보다 비울 때 가볍다

모르는 것 중 제일 좋은 건

세월 가는 줄 모르는 것이다.

생일상

생일이라 둥근 밥상을 받았다
까만 미역국 옆에
다른 날과 유달리
뚜껑 덮인 밥그릇이 놓였다
쓰지 않고 아끼던 은수저가 놓였다
아내에게 받은 10년만의 밥상
혼자 생일밥을 먹는다
밥알은 씹히지 않고 미역국의 살점들이
목줄기에 걸린다
하얀 눈물 한 방울
까만 국물 속으로 떨어진다.

자유를 불러본다

날아봐야 하늘
뛰어봐야 지상
건너봐야 바다
넘어봐야 산맥
살아봐야 백년

무슨 해석이 더 이상 필요하랴
운명의 굴렁쇠
자유 평등 평화 행복
그 이름 불러본다.

나는 그때 그곳에서 무엇으로

바람이 분다

저들은 어디로 가려하는가

그때 나는 그곳에서 무엇으로

그토록 살았는가

선잠을 털고 책상 앞에 앉는다

머리위에 걸어둔 '산자는 잠들지 않는다'

액자를 본다

저 짧은 말 속에 담긴 긴 의미는 무엇인가

밤이 깊어 가는데 서둘지 않고 천천히

생각의 여유를 본다

나는 왜

그때 그 일을 그렇게 할 수밖에 없었나

그래서

아니어서

묻고 답하고 답하고 묻고

정의되지 않고 정리되지 않는 삶

자정 넘어 가을 밤

귀뚜라미가 자꾸 운다.

이유 그 이후의 물음들

맑은 하늘에

눈이 서너 잎 날더니

구름 한쪽이 사라진다

스티븐 호킹이 시를 쓴다

인류여

어서 신천지를 찾아라

지구 종말 2600년

예약되지 않은 사용설명서가

이유도 묻지 않은 채

일정을 알려왔다

약속을 지킬 것인가 아닐 것인가

이럴 땐 무슨 술을 마셔야 하나

나의 어리석고 몽롱한 눈 안에 별이 보인다

별은 몇 개나 될까

호킹 씨!

왜 휘황하고 찬란한 지구 혼자 두고

우리가 이사 가야 하나요

내 영혼의 정처는

어느 별에서 찾아야 하나요

그 이후의 고향 소식은

누구에게 듣게 되나요.

자라나는 산

함박눈 내린다

손바닥만 한 단풍잎
호수 속에 떠 있고

눈이 내리면서
물에 떨어지는 것들 다 녹고
잎 위에만 쌓이더니
세상에 떠 있는
겨울 섬처럼
하얀 설산 하나가 생긴다

눈은 계속 내리고
산이 조금씩 자라나고 있다.

시간은 소화되지 않는다

20일 오후 3시

11분

12분

15분

20분, 27분, 36분 그리고

서쪽 창에 햇빛 든다

그리고, 가스 불에 커피물이 보글보글

시간의 초침이 갈비탕처럼 끓는다

시간은 소화되지 않고

부 식되어 간다.

강에 관한 짧은 산문

해질녘까지 달려온 강이
땅 끝에 서서 바다를 본다
강으로서
더는 가지 못하고
눈앞에 출렁이는 거대한 바다 앞에서
숨을 고른다

깊은 산 계곡을 달리고 폭포로도 떨어지고
푸른 들판을 달려온 긴 여정의 피곤을 풀어놓고
물끄러미 굳은 몸을 내려놓는다

이제 맹물의 일생이
드디어 짠물이 되어야 하는 운명 앞에서
강물은 강으로 살아온 생애를 돌아본다
바다는
강을 끌어안으며 빙글빙글
위무의 춤을 춘다.

바다와 아기

거우
뒤뚱거리는 아이가
아장아장 모래톱으로 가더니
바다를 잡는다
조막만한 손에 잡힌 큰 바다가
온몸을 기울어
출렁출렁 반갑게 흔든다.

과거로부터의 자유

늙는다는 건 과거로부터 자유로워지는 것

매듭진 기억으로부터 해방되는 것

나비를 보며 꿈을 꾼다

삶의 물살 곁에서

겹겹이 떨어져나갈 차례를 기다리는

과거의 단애

절벽 끝 추억의 꽃들

세월이 흐르는 강물 곁에서

망각의 순서를 기다린다

삶은, 꿈이라는 것에 취하고

희망이라는 것에 속는다.

추억이란 과거를 가꾸는 몽환이다

몽환이 썩어 삶의 자양이 된다

몸보다 혼이 먼저 늙으면 치매다

완전한 자유는 과거로부터 시작되고

과거로부터 자유는 새로워지는 것이다

자유란 영혼이 우화羽化되는 것이다.

죽竹

대는 딱 한 해만 자란다
봄에 나온 키가
딱 가을까지만 자란다

급하고 격한 성깔에
쪼개지기만 할뿐
부러지지 않는다

싹 터 죽을 때까지
푸른색 하나로 산다
사시사철 흔들리기만 할뿐
앉거나 눕시 않는다

땅이 갈라지고
하늘이 후려쳐도 타협하지 않고
태어나서 죽을 때까지
대쪽같이 산다.

詩畵

시가 그림을 그린다

말이 또아리를 틀어
그림이 된다

화선지를 지나는 물색마다
읊어지면서

시가 그림을 그리고
그림이 시를 쓴다.

고산지대

겨울 산정에

햇빛이 촐랑촐랑 흘러와서

가지 끝에 붙은 산수유

빨간 열매를 혀질하고 있다

입안의 사탕처럼

요리 뺏죽 조리 뺏죽

왼종일 녹지 않고

상고대 가지 끝

사탕 한 알 달랑인다.

봄 오시는 소리

1

봄이

내 엄마의 왼쪽 가슴에서 나와

세상에서 가장 따뜻한 소리로

유년의 골수 속으로

아슴하게 오고 있다.

2

그 겨울의 끄트머리

소곤소곤 귓불을 후벼주던 소리

차곡차곡 구들장 덥혀주던 손길

우리 할매 전설

호롱불에 깜박이면서 오고 있다.

3

금쪽같은 햇볕에 칭얼대며

동면 깨는 대지大地가 얼룩덜룩 털갈이하는 소리

낮잠 든 양들이 순하게 코고는 소리
등에 업힌 내 동생 뱃속에서
꼬르륵 소리로 오고 있다.

찻잔 속 김 오르는 소리 모락모락
봄이 깨금발로 오시고 있다.

사람의 고향

고향은 따뜻한 곳이다
마음도 몸도 편안한 곳이다
어머니 품, 할매의 등같이
코 박고 잠들고 싶은 곳이다
흙냄새 풀냄새 밥냄새가
풀풀거리는 곳이다
여름 소나기와 겨울 눈이 오고
꽃피는 봄날과 단풍드는 가을이 있는 곳
지상의 생명이 싹트고
세상의 삶이 시작된 곳이다
인간이 사람으로 자란 곳
옛날 사람이 지금까지 사는 곳이다
너랑 나랑 사람의 유년,
도시의 조상이 살던 곳
미래의 과거인 곳이다
멀리 있는 몸이
가장 가까이 있는 곳이다

전설이 살아 있는

삶의 한가운데

마음이 세상인 곳이다.

겨우살이

시
한 줄
봄볕 든다

세상사
별나봐야 그렇지 하고
문 닫은
겨울 틈으로
시답잖은 시 한 줄
봄이 온다.

눈 앉은 창틀

창틀에 하얀 눈이 소복하다
백합 같기도
배추꽃 나비 같기도
솜털이 뽀송한 새끼 메추라기
얇은 날개
몰래 내린 첫눈이 폴락이고 있다
달아 달아 천천히 지고
해야 해야 천천히 천천히 뜨거라.

첫눈

겨울이 하얗게
팝콘처럼 피었네

간밤에
첫눈이 내렸다고
일찍 깬 바람이
집집의 쪽문을 두드리네

세상의 아침에게
눈 소식 전하네.

새벽 해안선

까무러치듯 발정하는 파도가
하얀 잇빨을 세워
모래톱이 닳도록 거품을 핥는다

단잠이 털리는 땅 끝을
날름거리며 올라타는
싯퍼런 혓바닥

바다와 육지의 사랑놀이에
날 새는 줄 모르는
새벽 해안선.

곶감 맛들이기

쪼글쪼글 늙어도 달달해지며
더 곱게 꺼무죽죽 발그레하며
껍질까지 깨벗은 곶감 서너 줄이
농익은 가을볕에 새끼줄 매달고
새 이엉 갈아입은 초가 처마 끝
박하분 버짐 번지며 말라가고 있다
잇빨 빠진 주인 영감 간식으로
입안에 오물오물 달게 씹히며
늙은 가을 노인네를 위무하고 있다.

마비馬肥의 계절

말 입이

누런 풀밭을 뜯는데

익은 가을이

말 등에 올라앉아

서쪽으로 가면서

말 배가

둥근 갈색으로 불룩해진다.

입추 무렵

도토리 한 알
쿵!

지구가 흔들린다

놀란 산이 시뻘게지고
사시나무처럼 떠는 숲이
옷 벗어 바람에 던진다

황급한 하늘이
문턱에 기다리던 가을을 불러
서두르라 한다.

사모곡

제상 앞에 향 피우고

'엄마' 하고 무릎 꿇는다

엄마 엄마 하다가

신혼여행 갔다 와서 어머니로 불렀다

엄마를 어머니로 부르기가 얼마나 어려운지

그때 알았다

부르는 내가 그토록 난감한데

듣는 어머니는 어떠했을까

엄마 엄마 하던 애가 후다닥 자라서 대견했을까

고스란히 품은 알이 빠지는 산고였을까

1촌이던 엄마와 나 사이

아내가 끼어들어 2촌처럼 되었고

아이가 생기면서 3촌처럼 멀어졌다

이제 나에게는

'어머니' 하고 불러볼 엄마가 없다

허연 머리를 제상 앞에 숙이고

엄마 엄마 불러 본다.

소금꽃

팔월 염천 염전에
소금꽃 피네
꽃잎은 반짝이며 빛나고
꽃향기 짠내 묻어 바람에 날리네
밀고 당기는 우리네 삶같이
그래야만 결이 고와지는
사랑의 마법같이
백합색 소금꽃 지천으로 피어
속없이 싱거운 세상
간간하게 간을 하네.

멀미

삶은 멀미다
희망은 화장품이다

촛대나무의 꿈은
불을 켜보는 것이다

멀미하라
토하라

그럴 때마다
삶의 등을
두들겨주어라.

산 곁에

늙으면 재미있는 일이 없다
그저 시를 읽고 시를 쓴다

시집을 내서 머리맡에 두고
주소록을 들춘다
하루에 두어 권씩 우편에 부친다

숲길을 걸으며
서너 달 어정거리다보면
또 한 해가 간다

그저 그것뿐이다
산 곁에 살아 그나마 좋다.

사과를 깍으며

참 곱다
너덧 달 잘도 익었다
홍옥색 껍데기를 벗긴다
참 달다
둥글둥글 살아온 생애가
고스란히 씹힌다
세상에는 벗겨야 할 것이 있고
벗기지 않아야 할 것이 있다
사람의 삶을 너무 야박하다
구박하지 마시게.

동행

길이 길만이 아닐 때가 있다

걸으면서 생각도 하게 되고

심심해서 노래도 불러보고

이런저런 다짐도 해보고

마음 속 농담도 걸어 보고

헛발질도 해보고

일상살이에서 능청스레 빠져나와

천연덕스럽게 세상 바깥을 둘러보며

헛웃음도 지어보고

살아 온 과거라는 것이

마냥 덫만이 아니라는 걸 깨닫기도 할 즈음

허무가 밟히는 낙엽들과 목숨처럼 지키는 빈터들

겨울을 기다리며 한사코 서 있는

나무들에게서 건너오는 낯선 전율들

생명의 껍데기, 돌의 고독, 낡아가는 나무의자,

이들이 버린 구차한 삶의 원죄,

너무 모질었던 부끄러움,

자연의 섭리를 냉소하며 하늘에 보낸 헛웃음,
무지몽매함, 살면서 경험했거나 잃어버린
누추한 것들에게 용서 또는 고백을
중얼중얼 함께하는 동행이기도 하다.

인생의 하루

하루쯤이야

그렇군요 수많은 날들에서 하루쯤이지요

그게 그 하루가 인생인걸요

살아보니

똑같은 날 있던가요

똑같은 세상사 있던가요

시간의 하루는 별게 아니지만

세월의 하루는 일생이 되는 걸요

하늘을 보시나요

나날의 하늘이 어떻게 다르던가요.

혀끝의 봄나들이

오월 풀밭에

초록뱀 한 마리

날씬하게 간다

봄볕 받은 비늘 새파랗게 빛내며

갈라진 혓바닥을 금실처럼 날름날름

도랑물 흐르듯 촐랑촐랑 기어간다

좋은 소문 나쁜 풍문

혀끝으로 간을 보며

세상소식 엿들으려 봄나들이 간다.

카키색 편지

사랑의 편지

연필로 쓰고 지우개로 지우던 그런 때 있었지

수더분한 갱지 위에 몽당연필 침 발라

손글씨 썼었지

중략

이슥한 겨울 밤 호롱불 켜 두고

빅토르 위고의 레미제라블을 밑줄 그어 읽으며

사랑하는 이에게 손편지 쓰던 때

자글자글 끓던 온돌 어느덧 식으며

먼 동네 수탉이 회칠 때까지

카키색 편지를 썼었지

중략

사랑을 부치고

사랑이 돌아올 때까지
땡볕에 호박잎 마르듯 기다리던 때 있었지

중략

디지털사랑 보다 아날로그사랑이
착하고 고울 때가 있었지.

낭만시대에 내리던 눈

순아
눈 온다

열여덟 살 바리톤이
돌담너머 빈터에서 눈 오시면 만나자던
약속을 기다린다

눈은
나비처럼 날아 내리고

사랑채 아버님이 먼저 들으시고
안채에 대고
기척하신다

어허! 눈 오시네―.

골목풍경

빼꼼히 내다보는 골목이 수상하다

모가지가 삐져나오는 불빛이 수상하다

살금살금 기어 나오는 냄새들이 수상하다

발끝에 채이는 헌 신문기사들 수상하다

입술 터진 사기그릇들 나뒹구는 모퉁이 수상하다

바람 빠진 바퀴 깔고 앉은 자전거가 수상하다

'문학은 인간의 사랑이다' 늙은 시인의 독백이 수상하다

쭈그러진 페트병, 녹슨 깡통, 늘어터진 개 목줄, 뒷굽 잃은
검정구두, 못 빠진 판때기, 끈 떨어진 마스크, 구멍 뚫린 안
대, 이빨 빠진 머리빗, 찢어진 검정비닐, 말라비틀어진 과일
껍질, 침 묻은 껌, 방치된 자장면 그릇, (중략) 먼지 묻은 바
람·눈·비·이슬·서리, 초승달·보름달·하현달·쏟아
지는 별빛 (하략)

또각또각 또 또각 가늘고 긴 하이힐 소리 또각
 한밤에 퇴근하는 늙은 여인을 따라오고 있다.

섣달에 내리는 비

적막

톡톡

빗방울 떨어진다

누가 우시나 보다

서럽거나 아프거나 늙었거나

세상의 야박에

눈물 짓나보다

비의 비애가

대신해 젖나 보다.

해조음 엿듣기

바다 곁에 앉아 책 소리 듣네
차르락 차르락 입술에 침 발라
갈피 넘기는 소리 듣네

태평양과 대서양이 속삭이는
은근한 밀어가
접히고 펴지는 봄날의 모래톱

사람이 옆에서 엿듣는 줄 모르고
입에 입술을 대고 쪽쪽거리고 있네

바람이 귀를 세워 하늘을 가리네

강물이

도도한 물 안고 수백리 길
하루도 쉬지 않고 흐르고 흘러
표표히 도착한 바다 앞에서 몸을 푸는데

땅 끝을 지키는 가을 갈대들이
카키색 병사들처럼 촘촘하게 서서
야영에 들어간 늦은 가을 밤

그리하여
맹물과 짠물이 몸을 섞어
푸르럭 푸르럭 숨찬 소리를 내며

바다와 강이
마악 사랑의 허기를 채우고 있는 중.

봄바라기하는 날

겨울이 고향 찾아간다

산은 알고 있었다
봄이 온다는 것을

언덕 아래 철길에 기차가 간다

철길보다 외롭고 기적만큼 서럽게
봄바라기한다

간이역 화단에 풀꽃들 피는데

살랑살랑 바람 불며
하늘색이 수상하다

인간의 대지에 계절이 오간다.

인생의 비밀

비밀 없는 사람 있으랴
어떤 삶에 비밀 없으랴
젊은 날에 만든 비밀들
늙은 날에 추억 되느니
인생 서랍 깊은 칸칸에
채집 되는 그날 사연들
세월 만큼 노랗게 바래지고
부끄럽지 않은 날에 꺼내어
남 몰래 열어보곤 한다.

세월의 허울

눈밑
다크써클이
좀 더 짙어졌다

같이 늙어가면서
나는 손 놓고 있는데
자기 할일 다하는
박정한
친구 같은 놈.

겨울 미소

빵을 구우며 그가 웃네
배시시 웃네
입술이 열리다가 마네

찰가닥
빵틀이 돌아누우며
붕어빵들이 노릇하게 구워지네

실낱같은 미소를 지우며
입 싹 닦네

겨울이 봉지 속으로
따끈따끈하게 들어오네

많이 파세요
부자 되세요
웃지 않는 듯 웃네.

빠르게 또는 느리게

ⓒ2018 박현태

초판인쇄 _ 2018년 4월 19일

초판발행 _ 2018년 4월 25일

지은이 _ 박현태

발행인 _ 홍순창

발행처 _ 토담미디어

서울 종로구 돈화문로 94(와룡동) 동원빌딩 302호

전화 02-2271-3335

팩스 0505-365-7845

출판등록 제2-3835호(2003년 8월 23일)

홈페이지 www.todammedia.com

편집미술 _ 김연숙

ISBN 979-11-6249-037-2